ヤマトシジミの食《しょく》卓《たく》

吉田道子
大野八生【画】

くもん出版

ヤマトシジミの食《しょく》卓《たく》

吉田道子
大野八生【画】

装幀　中島かほる

ヤマトシジミの食《しょく》卓《たく》

1

じっちゃんがいなくなった。

かんこの家族《かぞく》は、またいつものように、じっちゃんはちょっと家《いえ》をるすにしているだけだと思《おも》っていた。

ところが、今回《こんかい》だけはちがった。

じっちゃんが死《し》んだ、という知《し》らせがきた。同時《どうじ》に、じっちゃんから手紙《てがみ》がきた。もちろん、じっちゃんがすでに書《か》いていた手紙をかわりの人がおくってくれたのだ。

そこには、かんこが、一この石《いし》とそのまわりの土地《とち》をもらうことになった、と書《か》いてあった。

じっちゃんからのプレゼントだ。かんこは、まだ十一歳《さい》なのに、一この石と二十坪《つぼ》ほどの土地をもつ女《おんな》の子《こ》になった。大地主《おおじぬし》だ。すごいことだ。

その土地の持《も》ち主《ぬし》だっていうことは、かんこは、そこで、自由《じゆう》におままごとをしてもいいし、池《いけ》だってつくれるということになる。

「だまってはいっていい？」

「ふかーいあなをほってもいい？」

そんなことをだれかに聞《き》かなくてもいいのだ。

「はいってもいいですか？」

「お池をほらせてほしいんですが？」

そういわなければならないのは、かんこのほかの人《ひと》になる。

でも、かんこは、そんなことはうれしくない。ただ、ただ、ふしぎなのだ。どうして、あんなにたいせつだったあの石《いし》をかんこにくれたのか。石とはいっても、小石《こいし》なんかじゃなくて、八〇センチはある、ひらたい大《おお》きな石だ。

あの石は、ほんとうは、ヤマトシジミの食卓《しょくたく》という。じっちゃんがそういった。じっちゃんは、その石に腰《こし》かけて、かんこにいろいろな話《はなし》をしてくれた。それは、ぜんぶかんこが生《う》まれる前《まえ》の話だったから、じっちゃんは、それを神話《しんわ》といった。神話は、ふしぎな力《ちから》をもっていた。神話を聞《き》くと、かんこは、気分《きぶん》がいつもゆったりとした。

腰かけて神話を聞いたその石が、今《いま》は、かんこのものだ。

2

話《はなし》は、二年《ねん》ほど前《まえ》のことになる。

にいちゃんが犬《いぬ》をひろってきたことから、はじまる。

もうすぐ夏休《なつやす》みというある日《ひ》、にいちゃんが、犬をひろってきた。

「これは、おれのマフィアだからな。かんこ、さわるなよな」

にいちゃんは、かんこの前に、茶色《ちゃいろ》のくしゃくしゃの子犬《こいぬ》をちらりと見《み》せ、さっとかくした。子犬の目《め》が、かんこを見た。

「マフアって、なんだ?」

にいちゃんは六年生《ねんせい》で、かんこは三年生だ。にいちゃんは、ときどきかんこにはわからないことばをつかう。

「イタリアのギャング」

「ふうん」

「それに、いっとくけどな、マフアじゃなくて、マフィアだぞ」

にいちゃんは、発音《はつおん》をていせいした。

「うん」

「わかったのか？」

「わかった」

それから一週間《しゅうかん》、にいちゃんは、かんこにマフィアをさわらせない。散《さん》歩《ぽ》はもちろん、えさやりもダメ。お手《て》っ、というのもダメ、頭《あたま》をなでるのもダメだった。

「これは、おれだけのペットだからな」

にいちゃんは、そういうのだ。

かんこは、ずっと口《くち》をとんがらして、マフィアを見《み》つめてくらしていた。

おまけに、きょうは、もうひとつおもしろくないことがあった。ついていない。なかよしのともちゃんが夏休《なつやす》みになると引《ひ》っこしするというのだ。たった今《いま》、学校《がっこう》で聞《き》いた。去年《きょねん》の十月《がつ》、やっと友《とも》だちになれたともちゃん。それまでのかんこは、じぶんだけの友だちなんていなかった。

だれかさんのたくさんの友だちのなかのひとりだったし、にいちゃんの友だちのなかにまぎれていたり、かんこちゃんもついでにくる？ とさそわれる友だちしかいなかった。かんこだけの友だち。かんこは、ともちゃんのことを考《かんが》えると、いつもほんわりやさしくなる。ふっくら桃色《ももいろ》のともちゃん。

かんこは、ともちゃんにいつもひらひらふれていたかった。

「ちえっ」

ランドセルをゆすると、かんこは、足《あし》もとの缶《かん》をけとばした。ジュースの缶だったらしい。オレンジ色《いろ》の水《みず》が飛《と》びちった。

「ひやっ」

かんこはとびのき、缶はころがりながら小《ちい》さな川《かわ》におちた。

その向《む》こうに、その人《ひと》がいた。空《あ》き地《ち》のひらたい大《おお》きな石《いし》にすわっていた。

なにしてるんだろう。

からだがくんとかたむいている。しらがの髪《かみ》が風《かぜ》にそよいでいた。

「う、うん」

かんこはせきばらいをしたが、ふりむかないので、

「あの、ちょっと」

とよびかけてみた。

「うーん」

その人《ひと》がうなった。

「どしたん?」

ですか、をあとからくっつけた。

「うーん」

その人は、ちらっと肩《かた》ごしにかんこを見《み》た。見あげた目《め》に長《なが》いまゆ毛《げ》がかかっている。あ、マフアだ。すぐかんこは思《おも》った。その目がにいちゃんの犬《いぬ》とそっくり。ちょっとさびしそう。すてられているんだ。かんこは、なぜだかそう思った。思ったとたん、
ひろっていこ!

そう決心《けっしん》した。と同時《どうじ》に、かんこはその人の腕《うで》をつかんで、引《ひ》っぱっていた。

「いたいなあ」

その人《ひと》はうなることをやめ、からだをおこすとかんこをにらんだ。

「歩《ある》ける？」

「歩けるもんか」

かんこがうなる番《ばん》だ。

うーん。どうしようかな。

「けんけんは？」

「歩けないのに、どうしてそんなもんができる」

かんこは、だまった。

「さて、どうする」

こんどは、その人がかんこの顔《かお》をのぞきこんだ。

「でも、ひろってかえる」

「わしをか？」

「そう」

その人《ひと》は、ううんとしばらく考《かんが》え、

「よし、そうしてもらうか」

そういった。それから、

「おい、ちび」

と声《こえ》をかけた。

「ちびじゃない」

かんこは、すぐにそういい、

「かんこだ！」

とさけび、それでも、腹《はら》がたったので、

「じじい」

といってみた。

「じじいじゃない！」

その人《ひと》もさけんで、

「おあいこだな。わしは風助《ふうすけ》という」

といった。

「へえ。ふうすけ。へんなの」

「かんこだって、なかなか」

その人はかんこを見《み》て、にやっとし、

「さて、と」

かんこの肩《かた》に手《て》をかけ、立《た》ちあがろうとした。

「いたい？」

「ああ、ちょっとな、どうやら、左足《ひだりあし》をくじいたようだ」

「わたしんち、まだまだだよ」

「ああ、わかった。じゃあ、ゆるりとな」

そろりと、その人《ひと》が立《た》ちあがると、背《せ》はうんと高《たか》く、ひょろりとしていた。

十分《ぷん》ほどの道《みち》を三十分もかけて、かんこは、汗《あせ》びっしょりで帰《かえ》った。そのとちゅう、女《おんな》の人三人《にん》に声《こえ》をかけられた。

「だいじょうぶ?」

さいしょの声は上《うえ》からふってきた。

見《み》あげると、ベランダから身《み》をのりだして、女の人がこちらを見つめている。

かんこはあげた顔《かお》を大《おお》きくこくんとした。つぎは、バギーカーの女の人だった。

「手《て》つだう？」

と聞《き》いてきた。

ううん、とかんこは、首《くび》をふった。

もうひとりは、つえをついたおばあさん。

「足《あし》をくじいたんだね。歩《ある》けるかい？」

それにもかんこは、大《おお》きくうなずいた。

そのあいだ、風助《ふうすけ》さんはだまっていたが、おばあさんがいったあと、

「女《おんな》の人《ひと》はしんせつだなあ」

とつぶやき、

「あのばあさんなんか、こっちがたすけにゃならんほどなのに」

といった。

3

家《いえ》には、だれもいなかった。かんこは、植木鉢《うえきばち》の下《した》からかぎをとりだし、あけてはいった。かあさんがいないときは、いつもそうする。台所《だいどころ》のテーブルには置《お》き手紙《てがみ》があった。

圭太《けいた》、かんこ、おかえり。
友《とも》だちのお見《み》まいにいってきます。
おやつは、冷蔵庫《れいぞうこ》のプリンです。

母《はは》

裏庭《うらにわ》でマフィアがほえだした。

「ないているぞ」

しばらくして、風助《ふうすけ》さんがかんこをのぞきこんでいった。

「いいんだ。わたしの犬《いぬ》じゃないもん」

かんこは、そういうと、

「そうだ、牛乳《ぎゅうにゅう》、のむ？　プリンもあるよ」

と聞《き》いた。

「うーん、乳《ちち》か。ま、もらおうか。プリンはえんりょしとくよ」

かんこは、風助さんを居間《いま》のソファにすわらせ、台所《だいどころ》にもどった。

「つめたいよ」

かんこがもってきたとき、ドアがいきなりあいて、にいちゃんがとびこんできた。

「ただいま！　かあ」

かあさんは、ということばをのみこんで、

「あ、じっちゃん、こんにちは」

いうなり、

「かんこ、おれ、塾《じゅく》」

二階《かい》にかけあがり、ダダッとおりてくると、かばんをかえて出《で》ていった。

マフィアが、ほえたてた。

「ありゃ、兄《あに》きか？」

風助《ふうすけ》さんがいった。

「うん、マフアをひろってきたんだ」

ケチなんだ、とかんこはつけくわえた。

かあさんが帰《かえ》ってきたのは、ボーン、ボーンと、時計《とけい》が六時《じ》をうったときで、かんこと風助《ふうすけ》さんが、うっすらと目《め》をあけたときだった。いつのまにか、ねむっていたらしい。

「かんこ、かんこ！」

かあさんが耳《みみ》もとでささやいていた。

「だあれ？」

「なにが？」

かあさんは、そっと指《ゆび》さし、聞《き》いている。風助さんは、がばっととびおき、ソファにすわりなおした。顔《かお》をちょっとしかめている。

「ああ、風助さんだよ」

「ふうすけさん？」

「うん」

かあさんは、風助さんに気《き》ぜわしくおじぎをし、

「あの、失礼《しつれい》ですが」

と切《き》りだした。

「はい」

風助《ふうすけ》さんは、背《せ》すじをのばした。

「どちらさんで？」

「はい、風助といって、かんこさんにひろわれました」

「ひろわれた？」

かあさんは、こんどはかんこを見《み》、早口《はやくち》でいった。

「なに、どういうこと？」

「うん、ひろってきたんだ。足《あし》をこわした」

かあさんは、ちらりと風助さんの足を見、聞《き》かなくちゃわるいかな、という顔《かお》でいった。

「だいじょうぶですか？」

「はあ、まだすこし、いたみますが」

風助《ふうすけ》さんがいったとき、こんどはにいちゃんが帰《かえ》ってきた。

「ただいま」

うしろからとうさんの声《こえ》もした。

「そこで、圭太《けいた》とあったんだ」

「とうさん、めずらしく早《はや》いんでびっくりした」

にいちゃんがいっている。

かあさんは、はじかれたようにげんかんにかけていった。

「じっちゃん、おみやげは？」

にいちゃんは、かばんをほうりなげると、風助さんの横《よこ》にあるソファにすわり、テレビのリモコンをうごかした。

「いやあ、わしは」

いっているところに、とうさんがはいってきた。かあさんは、そばでごちゃごちゃいっている。

「あの、はじめまして、かんこの父《ちち》ですが」

とうさんがいったとたん、

「なに、なんで、はじめまして？」

にいちゃんがテレビから目《め》をはなし、さけんだ。

「岩手《いわて》のじっちゃんじゃないの？」

「バカ！　よく見《み》なさい」

とうさんがどなった。

「去年《きょねん》、亡《な》くなったでしょう」

かあさんはそういい、不安《ふあん》げにちらりととうさんを見あげた。

「かんこ、説明《せつめい》してごらん」

とうさんは、イスにすわってむきあった。

「ひろってきた」

「この人《ひと》をか？」

「そう」

「どうしてだ？」

「だって、にいちゃんにはマフアがいるのに、かんこにはいないもん」

「マフィア」

にいちゃんが強《つよ》くていせいした。

「かんこ、この人は犬《いぬ》とはちがうんだ」

「ちがわないもん」

「はい、ちがわないと思《おも》います」

風助《ふうすけ》さんがいったとたん、

「あなたはだまっていてください」

とうさんがどなった。

「はい」

風助さんが肩《かた》をすぼめたのを見《み》て、とうさんはいいすぎたという顔《かお》をしたが、かんこのほうにむきなおっていった。

「かんこ、この人《ひと》にも家族《かぞく》があって、かってにひろってきたりはできないんだよ」

「じゃあ、マファアは？」

「バッカだなあ。マフィアは犬《いぬ》じゃないか」

にいちゃんがいったのと同時《どうじ》に、

「あの、わしには、家族はいないんですが……」

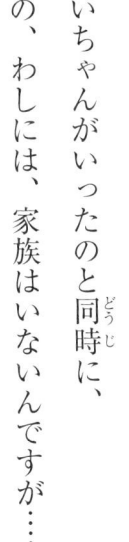

風助《ふうすけ》さんが、また、口《くち》をはさんだ。

「あのですね」

とうさんは、こんどは、風助さんにむきなおった。

「あなたもおとななら、もう帰《かえ》ってください」

「ダメ」

かんこは、さけんだ。

「わたしがひろってきたんだから」

「わしも、足《あし》がいたくて、ちょっと、うごけんので……」

風助さんが、みんなの前《まえ》に左足《ひだりあし》をのばした。

「まあ」

「こりゃ、ひどい」

かあさんもとうさんも、さけんだ。

くるぶしのところが、はれている。

「しっぷ、しっぷ」

「ぺたんとはるやつ、ないのか」

かあさんととうさんは、たがいにさけんだ。

「あのう」

風助《ふうすけ》さんが、かあさんにいった。

「メリケン粉《こ》と酢《す》と布《ぬの》を少々《しょうしょう》」

「それで？」

「はい、しっぷをつくります」

かあさんは、すぐもってきた。

「布は古《ふる》いシャツですが」

「それでじゅうぶん」

風助《ふうすけ》さんはメリケン粉《こ》を酢《す》でとき、シャツにべったりはりつけると、くるぶしにのせた。

「包帯《ほうたい》もいるな」

とうさんが立《た》ってもってき、

「年《とし》よりは、足《あし》をだいじにしないと」

ぶすっといった。

「あーあ、腹《はら》へったあ」

にいちゃんがきゅうにいった。そのことばで、かあさんは、台所《だいどころ》にいった。

4

一週間《しゅうかん》たった。

風助《ふうすけ》さんは、まだいる。

かんこははなさないし、風助さんは帰《かえ》らないし、にいちゃんは岩手《いわて》のじっちゃんのつもりでいるしで、風助さんはまだいる。とうさんも、出《で》ていって、と強《つよ》くいわない。かあさんもだ。

あの日《ひ》の夜《よる》、とうさんはかあさんにいった。

「かんこは、とっぴょうしもないことをするなあ」

「ほんとうに。いつまでもちっちゃな子《こ》どもみたいで」

「マフィアとおなじに考《かんが》えるなんてなあ」

とうさんのことばでかあさんもわらってしまったが、あとはだまった。

ふたりは、去年亡《きょねんな》くなった岩手《いわて》のじっちゃんのことを考えていた。

とうさんのとうさん、岩手のじっちゃんは、ばっちゃんが亡くなったあと、ひとりぐらしだった。小学校《しょうがっこう》の先生《せんせい》を定年退職《ていねんたいしょく》し、裏庭《うらにわ》に小《ちい》さな畑《はたけ》をつくってすごしていた。

ばっちゃんが亡くなったあと、ここ京都《きょうと》でいっしょにくらすのがベストか、それとも、ふるさとにいるほうが年《とし》よりにはベストなのか、とうさんはまよった。家《いえ》がせまいことも、すぐ引《ひ》きとれない状態《じょうたい》をつくっていた。

けっきょく、家がせまい、ふるさとから引きはなすのはよくない、ということで、じっちゃんを引きとらないでいた。そうしたら、じっちゃんは死《し》んでしまった。肝臓《かんぞう》をわるくしての結果《けっか》だった。

「ひとりぐらしで、栄養《えいよう》がうまくとれなかったんだ。のめないくせに、のんでいたしなあ」

とうさんは、ぽつんといった。

じっちゃんの台所《だいどころ》からは、酒《さか》びんがたくさん出《で》てきた。

また、じっちゃんの町《まち》は川《かわ》にサケがのぼってくる町で、一ぴきの片身《かたみ》が五百円《ひゃくえん》のサケを店先《みせさき》で見《み》たとき、とうさんはなみだぐんだ。いつかじっちゃんからのハガキで、サケを一ぴき買《か》うとらくです、とあったからだ。

「おやじは毎日《まいにち》サケばかりくっていた」

ひとりでくらすということは、そういうことなんだ。おなじものを毎日毎日食《た》べることなんだ。ほかに食べてくれる人《ひと》はいない。

「引《ひ》きとるべきだったんだ」

とうさんはくちびるをかんだ。

「でも、おとうさんはひとりのほうが気《き》らくだとおっしゃってたんだし……」

かあさんがいった。

「ほんとにそうだろうか?」

とうさんは、かあさんのほうを見《み》、

「おれは、にげてたんだと思《おも》う。おやじのそのことばをいいことにして」

かあさんは、だまった。そして、しばらくしていった。

「おとうさんは、町《まち》なかのこんなせまいところでは気づまりでしたよ」

「そうだなあ」

かんこのひろってきた風助《ふうすけ》さんは、そんなこんなで、一週間《しゅうかん》いる。かんこの部屋《へや》にいる。かんこは、にいちゃんの部屋にいい、い、い、いそうろうだ。

「おまえ、おとなしくしてろよな」

にいちゃんはえらそうにいったが、しかたがない。ひろってきた者《もの》にせきにんがある。マフィアだってにいちゃんにへんてこりんな小屋《こや》をつくってもらったのだ。

「マフィア」

にいちゃんがよぶと、かんこもまけてはいない。

「じっちゃん」

大声《おおごえ》でよぶ。

「ワン」と「おう」という声《こえ》がかえってくる。

「どこかれんらくするところは？」

とうさんが聞《き》いたので、風助《ふうすけ》さんは、いちどだけどこかに電話《でんわ》をかけた。

「あ、ちょっとしばらくは、家族《かぞく》のところですごしますので……」

そう聞こえてきて、とうさんもかあさんも顔《かお》を見《み》あわせた。

「え、ええ、ではまた、れんらくいたします」

電話《でんわ》をすませた風助《ふうすけ》さんは、もどってくると、あらためてあいさつした。

「こんなご時世《じせい》だし、ぶきみだと思《おも》われるかもしれんが、今《いま》しばらくマフィアとおなじに考《かんが》えてくださらんか」

「いやあ、ぶきみだなんて」

とうさんは、あいまいに首《くび》をふり、かあさんは、あわてて聞《き》いた。

「足《あし》はどうですか？」

「もう、ほとんど」

風助さんは、ちょっとうらめしそうな顔《かお》をした。

5

マフィアがないていた。

風助《ふうすけ》さんはいない。

かんこも、学校《がっこう》から帰《かえ》って、マフィアのそばでないていた。

あしたから、夏休《なつやす》み。とうとう、ともちゃんが引《ひ》っこすのだ。

クゥーン、クゥーンと、マフィアがすりよってくる。

かんこは、ちろっとあたりを見《み》まわすと、マフィアに手《て》をのばした。背中《せなか》をなでた。骨《ほね》が手にふれる。顔《かお》をそっと近《ちか》づけ、背中にすりよせた。ぷうんと汗《あせ》とひなたのにおいがする。

「あ、かんこ、マフィアにさわるなよな」

とつぜん、にいちゃんの声《こえ》がした。

かんこはぴくんとはねおき、

「さわってないもんな」

といった。

「え、かんこにいじめられなかったか?」

にいちゃんは、なでながらマフィアにいい、

「とものやつ、引《ひ》っこすって。ハワイだって?」

と聞《き》いてきた。

「今《いま》、道《みち》であって、聞《き》いたんだ」

にいちゃんは、かんこの顔《かお》をのぞきこんでいった。

「せっかくできたのにな。おまえ、友《とも》だちつくるの、へただもんな」

「へたじゃないもん」

「そうかなあ」

「そうだもん」

「あまえんぼうで、わがままな性格《せいかく》、あらためんとな」

「うるさい！」

かんこは、マフィアの頭《あたま》をたたいてかけだした。

マフィアが、ワンとほえた。


風助《ふうすけ》さんをさがしにいった。

いるところは、たぶんあの石《いし》だ。風助さんは、きのうまで家《いえ》にじっとしていて、足《あし》はすっかりよくなっていた。

かんこはたんぼの前《まえ》にあるアパートの横道《よこみち》にはいった。

やはり、いた。

横道には、十けんほどの家《いえ》がならんでいたが、その一角《いっかく》が、ひらたい石《いし》がひとつだけある空《あ》き地《ち》だった。横にはほそい川《かわ》がながれているが、コンクリートでかためられていて、大《おお》きめのどぶぐらいにしか見《み》えない。

そっと、近《ちか》づいていった。

風助《ふうすけ》さんは、なにかを見ていた。

「しっ」

かんこが近づいたのがわかったらしい。風助さんがいった。そして、そっと、すこし先《さき》を指《ゆび》さした。

「カナヘビ」

風助さんがいった。

足《あし》のあるヘビだ。きとっと土《つち》の上《うえ》をうごき、草《くさ》むらにはいっていった。

風《かぜ》がさわさわとわたった。

かんこは、風助《ふうすけ》さんの背中《せなか》にもたれてすわった。

「なんか、いやなことがあったのかな」

しばらくして、風助さんが聞《き》いた。

「ともちゃんがいなくなる」

「そうか」

「引《ひ》っこしする」

「そうか」

「ハワイだって」

「ほう。そりゃあ、すごいなあ」

「うん」

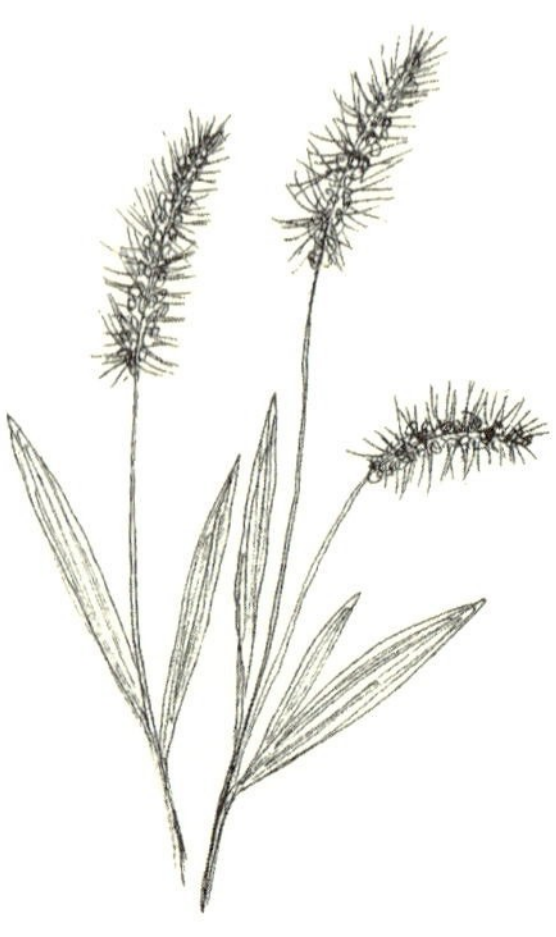

「このあいだ、新聞《しんぶん》でよんだんだが」

しばらくして、風助《ふうすけ》さんがいった。

「毎年《まいとし》、六・四センチずつ、近《ちか》づいているんだってさ」

「なにが？」

「ハワイが」

「どうして？」

「島《しま》というものは、かたい岩《いわ》の上《うえ》にのっているんだが、もちろん、日本《にほん》もハワイもさ。しかも、その岩は、うごいているんだ」

風助さんは、そういった。

「じゃあ、まってると、いつかハワイとくっつく？」

「ああ、おもしろいだろう？」

「うん」

「また、あえるさ」

「うん」

「あしたは、いつだって、かんこの味方《みかた》だ」

「なに、それ？」

「うん、これは、わしのじゅもんなんだが……」

そういって、風助《ふうすけ》さんは説明《せつめい》してくれた。じゅもんというのは、おまじないみたいなもので、元気《げんき》がなくなるとこれをつぶやくのだ。あしたは、風助の味方だ、というと、どこからか元気が出《で》てくるのさ。だって、味方って、力《ちから》になってくれるもののことだから。

「きょうつらくても、あしたはかんこの力になるっていうこと。いってごらん」

「うん」

かんこは、大声《おおごえ》でいってみた。

「あしたは、かんこの味方《みかた》だ！」

風《かぜ》が、またわたった。

「どう？」

「うん、ちょびっと元気《げんき》になったみたい」

風助《ふうすけ》さんはわらった。

「ここ、いいところだね」

しばらくして、かんこがいうと、

「そうか、そう思《おも》うか」

風助さんはうれしそうにあたりを見《み》わたし、

「ここの川《かわ》にはね、ずっとむかし、カワウソがいたんだ」

といった。

「ずっとむかしって？」

「そうさね、六、七十年《ねん》も前《まえ》かな。かんこの生《う》まれるずっと前。いわば、神話《しんわ》の時代《じだい》だな」

「しんわ？」

「ああ、自然《しぜん》が自然で、神《かみ》さまもいたとき」

「ふうん」

かんこがわかったようなわからないような声《こえ》を出《だ》すと、

「カワウソって、知《し》っているかい？」

風助《ふうすけ》さんはかんこを見《み》た。

「ううん」

かんこは、首《くび》をふった。

「そうだなあ、からだはこのぐらい」

風助《ふうすけ》さんは、両手《りょうて》を七〇センチぐらいにひろげ、

「手《て》や足《あし》には水《みず》かきがついていてね、かわいいやつだった」

ちょっと遠《とお》くを見《み》る目《め》つきをした。

「見たことあったの？」

「ああ、子《こ》どものころ、いちどだけ」

「こんな小《ちい》さな川《かわ》に？」

「むかしは、ここももっと大《おお》きかったさ」

そこには、フナもドジョウもいたし、シジミもたくさんとれた。カワウソはそれらをねらっておよぎまわっていた、という。

「ここらは、すっかりかわってしまった。わたり鳥《どり》の種類《しゅるい》も、そりゃあ、すごかった」

空《そら》に目をやりながら、風助さんはいった。かんこも空を見あげた。

トンビがゆっくり輪《わ》をえがいて飛《と》んでいた。

「かわらないものは、ここの、この石《いし》」

風助《ふうすけ》さんは、すわっている石をトントンとたたいてみせた。

「これはね、ヤマトシジミの食卓《しょくたく》なんだよ」

「なに、それ？」

「ああ、ヤマトシジミって、チョウチョがいるんだが、知《し》らないか？」

うん、とかんこは、風助さんの背中《せなか》にこすりつけたまま、頭《あたま》をふった。

「あっ、でも、シジミなら知ってるよ、ほら、さっきのカワウソの、シジミのみそしる！」

かんこはふりむいて、風助さんを見《み》た。

「ああ、そう、それ。その貝《かい》の形《かたち》をしている、とっても小《ちい》さなチョウでね、それの食事用《しょくじよう》の食卓」

「しょくたく?」

「ああ、ほら、ごはんを食《た》べるテーブルのことさ」

「ふうん、なんで?」

「さあ、なんでだと思《おも》う?」

そういうと、風助《ふうすけ》さんはにやっとわらい、あたりを見《み》まわした。

それっきり、風助さんはなにもいわなかった。

6

それから、また一週間《しゅうかん》がすぎた。

「マフィアがにげた」

にいちゃんがとびこんできた。

「首輪《くびわ》がゆるくなっていたんだ」

かんこと風助《ふうすけ》さんは、もういちどさがしにいくにいちゃんについていった。

「このあたり」

青《あお》い稲《いね》ののびているたんぼの前《まえ》で、にいちゃんは、立《た》ちどまった。

「あ」

かんこは、声《こえ》をあげた。

あぜ道《みち》を、ちらりと、犬《いぬ》が走《はし》った。と、また、たんぼのなかにはいり、消《き》えてしまった。

「マファ、いるよ」

かんこは指《ゆび》さしたが、にいちゃんにも風助《ふうすけ》さんにもわからない。

風《かぜ》がゆれたとたん、茶色《ちゃいろ》の背《せ》が見《み》えた。

「あ、あ、ありゃ、むりだ」

風助さんがいった。

青《あお》い稲《いね》のなかをマフィアはかけた。ちらっちらっと茶色が走った。

「帰《かえ》るさ。すきなだけ走ったら」

風助さんは、そういった。

翌日《よくじつ》、こんどは風助《ふうすけ》さんがいなくなった。朝《あさ》はいっしょに朝食《ちょうしょく》をとった。

「かんことお昼寝《ひるね》なさって、あとはお散歩《さんぽ》だと思《おも》っていたけど」

かあさんはいった。

夜《よる》になっても帰《かえ》ってこない。

「警察《けいさつ》にとどけますか？」

かあさんはそういったが、

「しかしなあ、もともとがよくわからない人《ひと》だからなあ。どこのだれか、と聞《き》かれてもこまるし」

かんこも、つぎの日《ひ》、ヤマトシジミの食卓《しょくたく》にいったけれど、風助さんはいなかった。

「おい、そんなとこで、なにしてるんだ？」

にいちゃんがマフィアをつれてやってきた。

「もどってくるかな？」

かんこは、石《いし》にすわったたまいった。

「もどってくるさ、な、マフィア」

マフィアは、あの日《ひ》、一時間《じかん》ほどしたら、もどってきた。からだにいっぱい、とげとげの草《くさ》の実《み》がついていた。

「あんときは心配《しんぱい》して、人生《じんせい》をうんと生《い》きた気分《きぶん》だったんだぞ」

にいちゃんはマフィアの頭《あたま》をたたいていった。

「今《いま》なら、さわってもいいぞ」

「いい」

かんこは、マフィアを横目《よこめ》で見《み》ていった。

夕食《ゆうしょく》のあと、とうさんがぽつりといった。

「風助《ふうすけ》さんがきて、どのくらいたっていたんだっけ?」

「三週間《しゅうかん》とちょっと」

かあさんがこたえた。

「そうか」

うなずいたとうさんに、

「どうしてだまっていかれたんでしょうね?」

かあさんが聞《き》いた。

「さあ、どうしてだろう?」

とうさんにもわからない。

「かんたんにはいえなかったんだよ」

にいちゃんがいうと、

「どういうことだ?」

とうさんが聞《き》いた。

「そのときの気《き》もちはどうなのか、いいなさいって、先生《せんせい》よくいうけど、それ、むずかしいんだよな。ひとことではいえない」

「うん、いえない」

かんこもそう思《おも》う。

「ありがとう、だけではないし、うれしかっただけでもないし、わかれるのがさびしいでもないし、ええい、いっそのこと、だまっていこう」

にいちゃんがそういうと、とうさんは、

「ほほう」

と、感心《かんしん》したような声《こえ》を出《だ》した。

かんこは、それを聞きながら、ともちゃんも風助《ふうすけ》さんもいなくなった、と思ったとたん、くくっと、なみだがこみあげてきた。

とうさんの帰《かえ》りは、またおそくなった。

それに気《き》づいたのは、にいちゃんだ。

「碁《ご》をうつ人《ひと》がいなくなったからじゃない？」

かあさんはそういう。

とうさんは、風助《ふうすけ》さんと、毎晩《まいばん》のように、碁をうっていた。その碁盤《ごばん》は、岩手《いわて》のじっちゃんの形見《かたみ》なのだ。

マフィアがさびしそうなのも、おかしかった。ときどき、風助さんのいた二階《かい》の部屋《へや》をあおぎ見《み》ている。

「おい、おまえががっかりするなよな」

にいちゃんがいうと、マフィアは、しっぽをまたの下《した》にはさみこんで、フユーンとないた。

かんこは、あのヤマトシジミの食卓《しょくたく》になんどもいってみた。ヤマトシジミの研究《けんきゅう》もした。図書館《としょかん》にいって、図鑑《ずかん》でしらべた。オスはうす紫《むらさき》で、大《おお》きさは約《やく》一二ミリ。幼虫《ようちゅう》の食《た》べる草《くさ》はカタバミ。

その日《ひ》、石《いし》のところにいってみておどろいた。

小《ち》さなチョウが何《なん》びきもひらひら飛《と》んでいた。うす紫だ。そうでない黒《くろ》いのもいる。あれは、メスだ。図鑑とそっくり。

「ヤマトシジミ！」

かんこはさけんだ。

チョウはすばやく草から草へひらひら飛ぶ。その飛び方《かた》はなめらかではなく、いっしゅんとまるような飛び方だった。

あたりには、クローバーによくにた形《かたち》の、それよりうんと小さい草が、黄《き》色《いろ》の花《はな》をつけてさいていた。

「これが、カタバミ?」

かんこは、石《いし》のまわりいちめんにさいている花《はな》に目《め》をやり、しばらく考《かんが》えていたが、

「そうか!」

思《おも》わず、さけんでしまった。

カタバミがいっぱいはえているところだから、ヤマトシジミの食卓《しょくたく》なんだ。ヤマトシジミの幼虫《ようちゅう》は、カタバミを食《た》べる。カタバミはヤマトシジミの食草《しょくそう》。そこにタマゴもうみつける。

じっちゃんにいおう、と思ったとたん、かんこの胸《むね》はまたきゅっとした。

7

風助《ふうすけ》さんがいなくなって一週間《しゅうかん》たっていた。かんこはぐずぐずしてる。去年《きょねん》の夏休《なつやす》みは、ともちゃんと毎日《まいにち》あそんだんだ、なんて考《かんが》えている。おもしろくない。今《いま》はまただれかの知《し》り合《あ》いになりさがった。にいちゃんは、きょうもマフィアをつれて、どこかへいっている。

その日《ひ》、かんこがいつものように石《いし》のところにいくと、知らない女《おんな》の子《こ》が、ヤマトシジミの食卓《しょくたく》にすわっていた。

「あ、あ」

かんこは、いやな気《き》がした。

だまってすわるなんて、といおうとしたとき、その子《こ》がふりかえった。

「こんちは」

その子は、にこっとわらっていった。

かんこは、首《くび》をこくんとした。

「ね、すわらない?」

その子は、おしりをずらした。

いわれなくてもすわらあ、と心《こころ》のなかでいい、
わざとそっぽをむく形《かたち》ですわった。

「ここ、いいとこねえ」

その子がいった。

「うん」

あったりまえ、と、かんこは、心《こころ》のなかでいったつもりが、声《こえ》に出《で》たらしい。

「えっ、なんて?」

女《おんな》の子《こ》はふりかえった。

「べつに」

「そう」

そういったその子は、

「あっ、チョウ!」

さけぶや、かんこの頭《あたま》に手《て》をぱっとおいた。

「いてっ!」

「ごめん。にげた」

女の子はしゃがみこんで、あたりの草《くさ》のなかに顔《かお》を近《ちか》づけた。

「ヤマトシジミだよ」

かんこはいった。

「そういう名前《なまえ》なのか」

女《おんな》の子《こ》はいいながらもチョウを目《め》でおっている。

「あいつ、カタバミがすきなんだよ。タマゴがあるかもしんないよ」

かんこは、しゃがみこんで、草《くさ》の裏《うら》を見《み》ていった。

「これがカタバミ？」

女の子が聞《き》いた。

「そう。あっ、あった！　ほら」

顔《かお》を近《ちか》づけ、よく見ると、うずをまいたようなタマゴがひとつ、葉《は》の裏にくっついていた。

「へえ、これがタマゴか」

「うん、それがアオムシになると、カタバミしか食《た》べないんだよ。カタバミを食べてどんどん大《おお》きくなってサナギになっていくんだ」

「へえ。じゃあ、ここはいいね、カタバミばっかりだから」

女《おんな》の子《こ》は、かゆいらしく頭《あたま》をぼりぼりかきながら、あたりを見《み》まわした。

「そう、だから、この石《いし》はヤマトシジミの食卓《しょくたく》なんだ。テーブルってこと」

かんこはいって、ちらりと風助《ふうすけ》さんを思《おも》い出《だ》したが、胸《むね》はもうきゅっとしなかった。このあいだから、くんれんしたのだ。思い出したとき、すばやく、わすれることを。

「もっとさがそうか」

かんこがいったとき、ドドンと、音《おと》がした。

「あっ、過去《かこ》の音！」

女の子は、さけび、

「あれ、兄《あに》やんがたたいたんだ。大《おお》だいこの音《おと》だよ」

といった。あの音、このあたりだと、一秒前《びょうまえ》の音になるんだって。

「どうして？」

かんこにはわからない。

「うーん、わたしにもひとつなんだけど」

いいながら、女《おんな》の子《こ》はいった。

音は、三三一メートルはなれた場《ば》所《しょ》で聞《き》くと、かっきり一秒後《ご》に聞こえるそうだ。

「きょう、兄やんがならってきた」

「ふうん。わたしにも、にいちゃん、いるもんね」

「ふうん」

女の子は、いっしゅんにいっとわらった。それは、やっかいなもんね、といっているように、かんこには思《おも》えた。

「そいでね、家《いえ》から三三一メートルはなれているのは、ここなんだって」

「兄《あに》やんが？」

「そう」

「ほんと？」

「うーん。で、だから、兄やんがたたいてから、一秒《びょう》たって聞《き》こえるんだったら、今《いま》、わたしたちは、過去《かこ》を聞いたことになるんだって」

おもしろいね、と女《おんな》の子《こ》はいった。

よくわからんなあ、かんこが思っているところに、たいこがドンドンとつづいて何回《なんかい》もなった。

「うるさいもんだね、過去って」

女の子は、また頭《あたま》をかきながらいった。

「よし、兄《あに》やんにいってこ。過去《かこ》ってうるさいって」

そういうなり、女《おんな》の子《こ》はいきなり立《た》ちあがると、かけていった。

バーカ。

かんこは、声《こえ》を出《だ》さずにどなった。

きゅうにさびしくなった。


ところが、三日後《かご》、かんこは、またその女の子にあった。

近《ちか》くの診療所《しんりょうじょ》でだった。

かあさんは、わすれた健康保険証書《けんこうほけんしょうしょ》をとりにかえり、かんこが順番《じゅんばん》をまっているところに、診察室《しんさつしつ》から出《で》てきたのが、その子だった。

「あっ！」

かんこが声を出すと、

「うわ、またあっちゃった。運命《うんめい》ね」

その子《こ》は、またわからないことをいう。

「うんめいって？」

聞《き》いたところに、看護師《かんごし》さんから名前《なまえ》をよばれた。かんこは、診察室《しんさつしつ》には
いったが、そこへ、かあさんもきた。

「白《しろ》いフケのようなものがついていて」

かあさんは、かんこの頭《あたま》をさしていった。アタマジラミだった。

先生《せんせい》は、かんこの毛《け》を一本《ぽん》ぬくと、顕微鏡《けんびきょう》で見《み》せてくれた。

「シラミのタマゴだよ。近《ちか》ごろ、学校《がっこう》ではやっているようですよ」

「へえ」

「まあ」

かんこもかあさんもはじめて見た。

診察室《しんさつしつ》を出《で》ると、その子《こ》がいた。

「まってたんだ」

その子がいった。

「あら、友《とも》だちだったの？」

看護師《かんごし》さんがいい、

「だから、うつったんだ。おだいじに」

かんこに薬《くすり》をくれた。それは、その子がもっている薬とおなじだった。

「頭《あたま》、おたがいにくっつけちゃだめよ」

看護師さんはいった。

「シラミって、今《いま》もいるのね。過去《かこ》のもんだと思《おも》っていたのに」

かあさんがいった。

「過去？」

かんこは、その子《こ》を見《み》て、わらった。

「ふふ、運命《うんめい》ね、わたしたち」

また、その子はいった。

8

その子《こ》の名前《なまえ》は、かお、といった。学校《がっこう》はちがうが、おなじ二年生《ねんせい》だ。かんこたちの学区《がっく》は、十年ほど前はひとつしかなかったが、人口《じんこう》がふえて、今《いま》はふたつになっている。

「かとかがおなじだ」

かんこがつぶやくと、

「運命《うんめい》ね」

かおはいった。

運命《うんめい》とは、強《つよ》いつながりをいうんだそうだ。かんこは、毎日《まいにち》のように石《いし》の上《うえ》でかおにあった。ふたりのアタマジラミは、すっかりなおっている。お医者《いしゃ》さんのいうとおり、薬《くすり》を頭《あたま》にふりかけ、髪《かみ》の毛《け》を五回《かい》ほどあらったら、ふたりとも、よくなった。

「ありゃ、殺虫剤《さっちゅうざい》やったね」

「ゴキブリみたいなもんね、わたしらは」

かおとかんこは、そういってわらった。

ふたりはさっきから石の上にドリルをひろげて、夏休《なつやす》みの宿題《しゅくだい》をしている。きょうは朝《あさ》八時《じ》からまちあわせて、おやつのお菓子《かし》とお茶《ちゃ》までもってきていた。

「わたしたち勉強家《べんきょうか》よね」

かおがいった。

「ほんと、ほんと、すごいよね」

かんこもすましてこたえた。

まただまってえんぴつをうごかした。川《かわ》の流《なが》れが聞《き》こえる。

セミの声《こえ》がする。雲《くも》がうごくと、ノートの上に影《かげ》が走《はし》った。

「あっ！」

「あっ！」

雲の影が走るたび声をあげた。

セミの声がいっせいにやんだ。

「うるさかったね」

「なきやむとわかるねえ」

かおがいい、かんこはうなずいた。いなくなるとわかる。ちょっと胸《むね》がし

んとした。

「じっちゃん、どこにいるんかなあ?」

かんこは思《おも》わずつぶやいた。

「風助《ふうすけ》さんか」

かおが空《そら》を見《み》た。

風助さんのことはかおに話《はな》してある。

「もどってくるかなあ?」

「うーん」

かおはうなった。うなってすぐ、

「もどってくるよ、きっと」

きっぱりいった。

かおがそういうと、そう思えてくる。

そして、その日《ひ》帰《かえ》ってみると、家《いえ》には風助《ふうすけ》さんがいた。

「じっちゃん！」

かんこが大声《おおごえ》をあげると、かあさんがわらいながら、お茶《ちゃ》をもってきた。

かあさんからの電話《でんわ》があったのだろうか。とうさんも早《はや》く帰ってきた。

塾《じゅく》から帰ってきたにいちゃんもまじえて、とうさんがいった。

「まず、だまっていなくなるのはこまります」

「はい」

こたえてすぐ風助さんは顔《かお》をあげ、とうさんを見《み》つめた。

「あのう、ここに、ときどきはよせてもらえるんですか？」

「もちろん。これからは、わたしも、じっちゃんとよばせてもらいます」

とうさんはきっぱりいった。

「あなた」

かあさんがよびかけた。

「ダメだろうか?」

とうさんはかあさんにむきあい、

「ちょっと、じっちゃんとくらしてみたいんだ。かってだけど」

かんこはかあさんを見《み》つめた。にいちゃんもめずらしくなにもいわない。

かあさんは、しばらくしていった。

「わたしも楽《たの》しんでみようかな。じっちゃんとの生活《せいかつ》」

「そうか」

とうさんがうれしそうにいい、その横《よこ》でじっちゃんが頭《あたま》をさげた。

翌日《よくじつ》の夜《よる》、花火《はなび》をした。

風助《ふうすけ》さんはもどってきたとき、花火《はなび》をどっさりもってきたのだ。

「じっちゃん、かおちゃんですよ」

紹介《しょうかい》のあと、じっちゃんはヤマトシジミの食卓《しょくたく》に筒形《つつがた》の花火をおき、火《ひ》をつけた。

シューと音《おと》がし、とつぜん火が花になってふきあがった。

マフィアがとびのき、にいちゃんが引《ひ》っぱられた。

「光《ひかり》の噴水《ふんすい》みたい」

かおがいい、かんこもだまってうなずいた。

「はい、つぎは一本《ぽん》ずつもって」

風助さんのことばに、まず、にいちゃんがバケツによっていった。

バケツには、火のついたろうそくが立《た》ててある。

「見《み》ろ、見ろ」

にいちゃんの花火《はなび》はシューと音《おと》を出《だ》したかと思《おも》うと、ちかちか火花をちらした。

「あ、あ、きれい」

にいちゃんのも横目《よこめ》で見《み》、手《て》もとの花火をゆらすかんこの横で、

「ほら、こっちも」

かおがさけんだ。

風助《ふうすけ》さんがつぎつぎ花火を手わたす。

まぶしい夜《よる》だった。

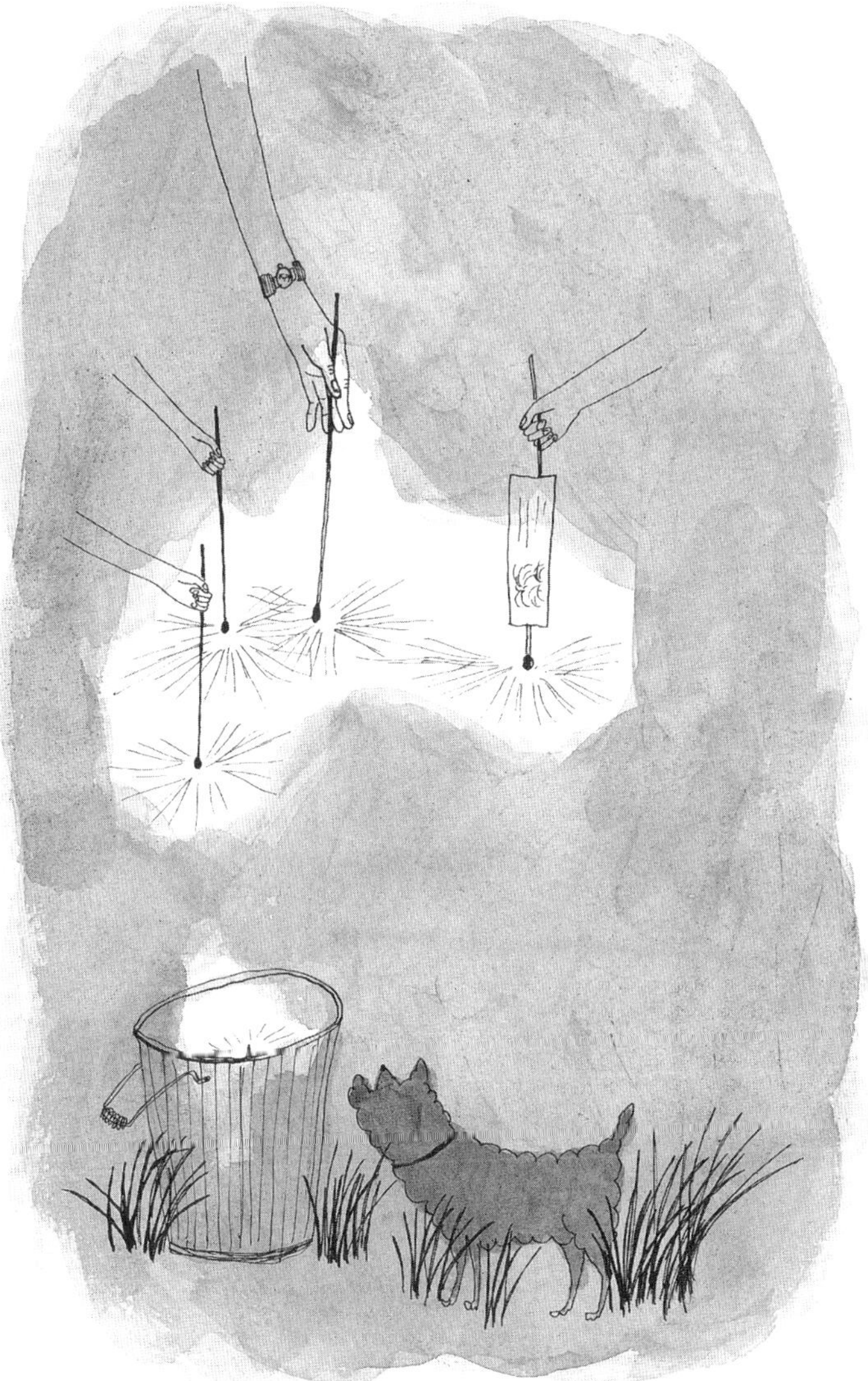

9

それからも、風助《ふうすけ》さんはときどきいなくなった。というより、ときどきあらわれた。いつもはどこかでくらしていて、二週間《しゅうかん》くらい家族《かぞく》になった。とうさんからいわれていたから、いなくなるときには、みじかい書《か》きおきはあった。

ちょっと用事《ようじ》をすましてきます。

夏休《なつやす》みもおわり、秋《あき》もおわりになっていた。その日《ひ》、かんこは、何回《なんかい》めかの用事《ようじ》をすましてもどってきた風助《ふうすけ》さんとヤマトシジミの食卓《しょくたく》にやってきた。

「はーい」

かおが石《いし》の上《うえ》で手《て》をふった。

「きてたん？」

かんこが近《ちか》づくと、

「じっちゃん、おかえりなさい」

かおがあいさつした。

三人《にん》は石の上にならんですわった。

夕刻《ゆうこく》になると、カタバミの葉《は》はとじてしまい、あたりはすとんとくらくなる。その一時間前《じかんまえ》ぐらいに、琵琶湖《びわこ》に帰《かえ》るユリカモメが点《てん》のかたまりになって、わあっといっせいに向《む》きをかえては東《ひがし》の空《そら》に消《き》えていくのが見《み》られた。

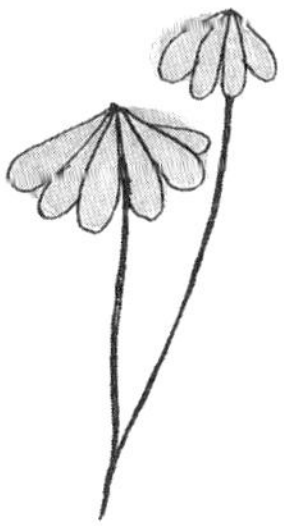

「むかしは、ユリカモメだけではなく、カモ、それもいろんなカモ、マガモはもちろん、コガモ、スズガモ、ホオジロガモ、ハシビロガモ、オナガガモ……がきたもんだ」

風助《ふうすけ》さんがいった。

「神話《しんわ》の時代《じだい》だね」

かんこがいうと、かおもうなずく。

「そう。目《め》をとじてごらん」

風助さんはそういい、

「むかし、むかし、このあたり、川《かわ》にはカワウソ、空《そら》にはハクチョウ、山《やま》にはキツネ、地《ち》には人《ひと》がいたころのことでした」

ひくい声《こえ》でささやきはじめた。

かんこは、目をつぶって思《おも》いえがいていく。かおも神妙《しんみょう》に目をつぶって

いる。

「ある日《ひ》、オオカミにのった小《ちい》さな神《かみ》さまは、川《かわ》でオリジアスをつっていました。イネのさおにクモの糸《いと》をつけてね」

「オリジアスって？」

かんこが聞《き》く。

「メダカのことさ。なにしろ小さな神さまだから、魚《さかな》つりもメダカさ」

「ふうん」

かんことかおはそろってうなずいた。

「ところが、小さな神さまはあんまりむちゅうになりすぎて、地《ち》球《きゅう》がジリッとまわる音《おと》を聞きのがしてしまいました」

これは、たいへんなことなんだよ、と風助《ふうすけ》さんはまたかいせつをいれた。

「なぜかっていうと、この小さな神さまは、地球のひとまわりを風《かぜ》に知《し》らせるのが仕事《しごと》だったんだ。風《かぜ》は光《ひかり》に、光は生《い》き物《もの》に知《し》らせて、世界《せかい》はうごいていたんだよ」

「うわ、だったら、たいへんだ」

かんこは小《ちい》さな神《かみ》さまが心配《しんぱい》になった。

「それで、どうなったん？」

かおがせかした。

「神の国《くに》をおいだされてしまった」

「うわあ」

かんこはため息《いき》をついた。

「じゃあ、その神さま、今《いま》はどうしてるん？」

かおが聞《き》く。

「ミミズになったということだ。いちばん地面《じめん》に近《ちか》く、音《おと》を聞きもらさないように」
「ふうん」
かんこもかおもいつのまにか目《め》をあけていた。
かんこはあたりを見《み》わたした。
風助《ふうすけ》さんの話《はなし》を聞《き》いたあとでは、
いつもあたりがちがって
見えるからふしぎだ。
なにかがどこかに
ひそんでいるように見える。

10

風助《ふうすけ》さんがきて一年近《ねんちか》くがたっていた。

かんこも四年生《ねんせい》になって、一か月《げつ》ほどがすぎていた。

この五月《がつ》の連休《れんきゅう》は、かおは和歌山《わかやま》のいなかにいき、風助さんもいつもの、ちょっと出《で》かけます、をやっていた。

「おまえはさびしいやつだなあ」

にいちゃんはいう。

「さびしかないもん。今《いま》いなくてもいるもん」

いいながら、ハワイのともちゃんにも、かおのような友《とも》だちできたかな、と思《おも》う。

「マフィアかしてやろうか？」

「うん」

かんこがよろこんだとたん、

「やーめた」

にいちゃんはいじわるをいう。

それでも、にいちゃんにくっついて裏山《うらやま》にもいったし、川《かわ》で魚《さかな》とりもした。

その連休《れんきゅう》もおわった翌日《よくじつ》だった。

「かんこ、かんこ」

かおがとんできて、

「じっちゃん、今《いま》、家出《いえで》してるでしょう？」

と聞《き》いてきた。

「うん」

「見《み》たんだよ」

かおがいった。

「なにを?」

「じっちゃん」

「どこで?」

「和歌山《わかやま》のＪＲ《ジェーアール》の駅《えき》で」

かおの話《はなし》はこうだった。

風助《ふうすけ》さんを駅で見かけた。「どこいくの?」と聞くと、「海《うみ》を見に」と風助さんはいった。「帰《かえ》ってくる?」と聞いたら、「うん」って。

「ふうん、ずっ、こ、い、いな」

ひとりで海《うみ》なんて、かんこがいうと、

「そうだ、そうだ」

かおもいった。

「でも、かおも海だったんだよ」

「あっ、そうか」

かおは、へへっとわらい、「わすれてた」といって、ポケットから石《いし》を出《だ》した。

「おみやげ。海でひろったんだ」

「うわっ、ありがと」

ぜんたいは黒《くろ》いが、白《しろ》い星《ほし》のようなてんてんがはいっている石だ。

「重《おも》かった」

かおはいった。

「そりゃ、友情《ゆうじょう》は重《おも》いんだ」

かんこは石《いし》をなでながらいった。


その夜《よる》、とうさんはかんこから話《はなし》を聞《き》いて、「そうか」といった。

とうさんとかあさんは、はじめのうちこそ風助《ふうすけ》さんについてこんなやりとりをしていた。

「いいの、なにも聞かないで?」

「そうだなあ、すこししらべるか」

が、なんとなくそのままになっていた。

風助という名前《なまえ》だけでは、どうすることもできなかったが、そのままだまっていることのほうが、とうさんとかあさんには、よかったのかもしれない。

「いいさ。なにも聞かなくたって。いいたいときがあればいうだろうし。今《いま》のじっちゃんでいてくれれば」

とうさんは、このごろそう思《おも》うようになっていた。風助《ふうすけ》さんがよろこぶと、じぶんの父親《ちちおや》がよろこんでいるように思えるのだ。かあさんも、その気《き》もちがわかるらしく、食事《しょくじ》に工夫《くふう》をしたりした。食《た》べにくい菜《な》っ葉《ぱ》は小《ちい》さく切《き》る。かまぼこにもこまかく包丁《ほうちょう》をいれ、ゴマなどはしっかりすりつぶし、つぶが入《い》れ歯《ば》にのこらないようにした。風助さんが食費《しょくひ》としていれるお金《かね》もふたりは、それじゃ、えんりょなくつかわせてもらおう、ということになった。

「和歌山《わかやま》に家《いえ》があるのでしょうか？」

「そりゃあ、わからんなあ」

いいながら、かあさんもとうさんも、風助さんはそのうち、いつものようにもどってくるだろう、と思っていた。

しかし、それきりだった。

11

夏休《なつやす》みになって、かおがいった。

「さがそうか？」

「さがす？　じっちゃんを？」

「そう。わたしたちで」

かおはいい、かんこも大《おお》きくうなずいた。

「じゃあ、まず」

かおがいった。

「じっちゃんで知《し》っていること、かんこ、いってみて」

「まず、この石《いし》、ヤマトシジミの食卓《しょくたく》」

かんこがいったとたん、

「そうだ、いちばんのヒントは、これだ」

かおはさけび、

「じっちゃん、ここらのこと、よく知っていたよね」

といった。

「うん、神話《しんわ》の時代《じだい》から知っていた」

「じゃ、このあたりで聞《き》いてみよう」

さっそく、ならんでいる十一けんの家《いえ》を一けん一けん聞いてまわった。

しかし、わかったことは、石のあるここは、もうずいぶん前《まえ》から空《あ》き地《ち》で、その前は家があったろうが、そのころのことを知っている人《ひと》はいないことだ

った。

「ただ、大通《おおどお》りの材木所《ざいもくじょ》のとなりにある碁会所《ごかいしょ》のご隠居《いんきょ》なら知《し》ってるかもしれない」

ひとり、そういった人《ひと》がいた。

「ごかいしょって、なんですか？」

かおが聞《き》いた。

「碁をするところ、碁、ほら、パチッと」

その人は、人《ひと》さし指《ゆび》と中指《なかゆび》をそろえて出《だ》した。

「あっ、知ってる」

かんこはいい、

「ごいんきょって、なんですか？」

と聞いた。

「いやんなるなあ。年《とし》より、老人《ろうじん》、ゆたかな年より」

その人《ひと》は、これ以上《いじょう》たまらんという顔《かお》で、あわてて、家《いえ》にはいった。

かんことかおは、その足《あし》で、ご隠居《いんきょ》のところへいった。碁会所《ごかいしょ》では、いろんな人が碁をうっていて、その裏手《うらて》にげんかんがあった。

チャイムをおすと、出《で》てきたその人がご隠居だった。

「ふうすけ、そりゃ、知《し》らんな。わしの知ってるもんは、八木干吾《やぎかんご》といって、空《あ》き地《ち》になるずっと前《まえ》、あそこに住《す》んどった」

そういったご隠居は、佐野《さの》さんといって、風助《ふうすけ》さんぐらいのおじいさんだった。

「住んどった、といっても、それは、もう三十年《ねん》も前になるなあ。干吾とはおさななじみだったが、四十すぎにあそこをはなれた」

佐野さんも風助さんとおなじ、遠《とお》くを見《み》る目《め》をした。

「そういえば、あそこは、干吾《かんご》がこしてからあと、しばらくは家《いえ》がのこっていたが、そのあとはずっと空《あ》き地《ち》だなあ。どうしてだろう。あそこは、今《いま》でも干吾のものなのかなあ？」

佐野《さの》さんは、そんなこともいった。

「ね、ね、小《ちい》さなころ、カワウソもいた？」

「ああ、いたさ」

よく知《し》ってるな、という顔《かお》で、佐野さんはかんこを見《み》た。

「わたり鳥《どり》もたくさんきた？」

「ああ、ああ、そりゃあ、すごかった」

「じゃあ、ヤマトシジミの食卓《しょくたく》ってごぞんじですか？」

こんどはかかおが聞《き》いた。

「いいや、それは知らんなあ。なんだ、それは？」

「空《あ》き地《ち》にある、ひらたい石《いし》のこと」

かんこがいうと、

「ほう、あれはくつぬぎ石だけど、そうか、そんな名前《なまえ》があるのか」

「くつぬぎいしって？」

こんどは、かんこが聞《き》いた。

「家《いえ》のあったころ、あそこはげんかんで、くつをぬぐところだったんだ」

佐野《さの》さんはそういって、

「ヤマトシジミって、チョウだろう？」

と聞き、

「そういえば、あいつ、小《ちい》さなころ、チョウチョがだいすきだったんだ。とくにシジミチョウが」

といった。

「今《いま》、その人《ひと》は?」

かおが聞《き》いた。

「干吾《かんご》か。いいや、知《し》らないなあ。元気《げんき》かなあ。仕事《しごと》に成功《せいこう》した、ということは聞いたことがあるが……」

ふたりはお礼《れい》をいって、佐野《さの》さんの家《いえ》を出《で》た。


その夜《よる》、かんこは、とうさんとかあさんとにいちゃんに、しらべたことをいった。

「そうか」

とうさんは、腕《うで》をくんだままいった。

「わたしたちが結婚《けっこん》して、ここにきたのが十四年前《ねんまえ》、そのときあそこはどうだったかな」

「もう空《あ》き地《ち》だったように思《おも》うけど」

かあさんはそういい、

「その八木《やぎ》さんという方《かた》と、風助《ふうすけ》さんがいっしょの人物《じんぶつ》ってことかしら」

と考《かんが》えながらいった。

「その土地《とち》が、今《いま》だれのものかしらべたらわかるんじゃない？」

にいちゃんがそういったが、とうさんは、

「それはやめとこう」

といった。

「じっちゃんが話《はな》さないかぎり、こっちでしらべるのは、なんだか、家族《かぞく》がすることではないように思える」

とうさんはそういい、にいちゃんとかんこにむきなおっていった。

「とうさんは、岩手《いわて》のじっちゃんのことでは、こうすればよかった、ああすればよかった、といろいろ思《おも》ったんだ。だから、風助《ふうすけ》さんがあらわれて、そのできないことをさせてもらった。ありがたかった。もういちどチャンスをもらえて。だから、あまり、人《ひと》のひみつをしらべたくないんだ。それに、なんだか……」

とうさんは、そのあとのことばをさがしているようだったが、

「うまくいえないんだが、人生《じんせい》はいいな、と思えてならない。思いがけないことがおこるんだから」

といった。

そばで、かあさんがなんどもうなずいていた。

12

風助《ふうすけ》さんがいないまま、かんこの四年生《ねんせい》の夏《なつ》も秋《あき》もおわり、そして、この三月《がつ》、じっちゃんは死《し》んだ、という手紙《てがみ》がきたのだった。

とうさんは、その差出人《さしだしにん》のところに話《はなし》を聞《き》きにいった。その人《ひと》は亀井《かめい》さんといって、法律上《ほうりつじょう》の手《て》つづきをする人で、そこではじめて、いろいろなことを知《し》ることになった。

風助さんは、やはり八木干吾《やぎかんご》さんだった。

生《う》まれそだったところは、くつぬぎ石《いし》のある家《いえ》で、そのあと四十すぎに東《とう》京《きょう》にいき、そこで三十年《ねん》はたらいた。それから和歌山《わかやま》の海《うみ》のそばの老人《ろうじん》ホームにはいったのだ。

ご隠居《いんきょ》の佐野《さの》さんがいっていたとおり、もう三十年も前《まえ》の話《はなし》だ。

東京からホームにいくときも、石のある家はそのままにしておいた。しかし、家は古《ふる》くなってとりこわし、その場所《ばしょ》も売《う》ろう、と考《かんが》えた日《ひ》だった。

風助《ふうすけ》さんは、ぼんやり家のあった空《あ》き地《ち》をながめていた。

ああ、あそこが台所《だいどころ》、ここがテレビのあった部屋《へや》、そして、向《む》こうがげんかん、と思《おも》って、ひょいとくつぬぎ石を見《み》た。

すると、そこにはひらひら飛《と》んでいるたくさんのヤマトシジミがいた。

しばらく、だまってながめていた。

「そして、決心《けっしん》なさったそうです。お金《かね》にこまらないかぎりはここを売らないことにしよう、と。かんこさんにあう前《まえ》の一、二年《ねん》、ときどき、ホームを出《で》ては、石《いし》にすわりにきた、という話《はなし》でした」

亀井《かめい》さんはいった。

風助《ふうすけ》さんに家族《かぞく》はなかった。結婚《けっこん》はしたそうだが、すぐわかれてしまい、あとは仕事《しごと》ひとすじ、仕事では町工場《まちこうば》から出発《しゅっぱつ》し、とくしゅなネジをつくりだしたことで成功《せいこう》したそうだ。

風助さんは亀井さんにあうなり、

「だれも信用《しんよう》しない。信ずるのはじぶんだけ。ずっとそれできました。しかし、今《いま》は」

そういったそうだ。そして、書類《しょるい》をつくってもらいたいとたのんだのだ。

「からだがわるいことは医師《いし》から聞《き》かされていて、八木《やぎ》さん、あと一、二年とかくごされていました」

亀井《かめい》さんは、そうしめくくった。

かんこの家族《かぞく》は、海《うみ》の見《み》える老人《ろうじん》ホームにもいった。

「ええっ、ご家族って、ほんとうだったんですか?」

ホームではたらいている山岡《やまおか》さんという人《ひと》は、びっくりしたようにいった。

「いえ、うそつきっていうんじゃないんだけど」

あとは、ごちょごちょと、こういった。

「ほんとのことをいうよ、っていいながら、八木《やぎ》さん、よくうそをついたんですよ」

山岡さんはいい、ちょっとわらった。

「ときどき、ホームをあけるので、聞《き》くと、家族のところに帰《かえ》る、とおっしゃって。いえ、そういってミエをはる人も多《おお》いので。げんにこの一年《ねん》はからだが弱《よわ》られて、どこにもいかれませんでしたし、お見《み》まいの方《かた》も見えず、身《み》よりの方はいらっしゃらないと。わたしたち、八木《やぎ》さんのうそだとばっかり、思《おも》っておりました。そうですか、そのときは、おたくでしたか……」

外泊許可《がいはくきょか》をとれば、ここは、なんでも自由《じゆう》にできるらしかった。

「そうですか、あなたがかんこちゃんなの。いえ、八木さん、かんこちゃんの話《はなし》ばっかりで。それもうそだと思っていて」

そうそう、「亡《な》くなるときも」と、その人《ひと》はいった。

「花火《はなび》を数本《すうほん》もってきて、これをひつぎのなかにいれてくれって」

「どうして」と聞《き》くと、「わしがもえるとき、ひつぎのなかでパチパチってにぎやかにかんこちゃんがおくってくれるようだから」と。

「そういってらっしゃいました」

山岡《やまおか》さんがはなすそばで、

「あっ！」

かんこは、声《こえ》をあげた。

「あんときのか……」

にいちゃんがつぶやいた。

「そう？」

「そうか」

かあさんととうさんにもわかった。

三年の夏休《なつやす》み、かんことかおとにいちゃんの四人《にん》でしたあのときの花火《はなび》ののこりだった。

「さいごはすうっと消《き》えるのがのぞみだったそうです」

亀井《かめい》さんのことばに、とうさんはしてやられたという気《き》がした。おやじも風助《ふうすけ》さんもみごとに消えた。

「かなわないなあ」

とうさんはつぶやいた。

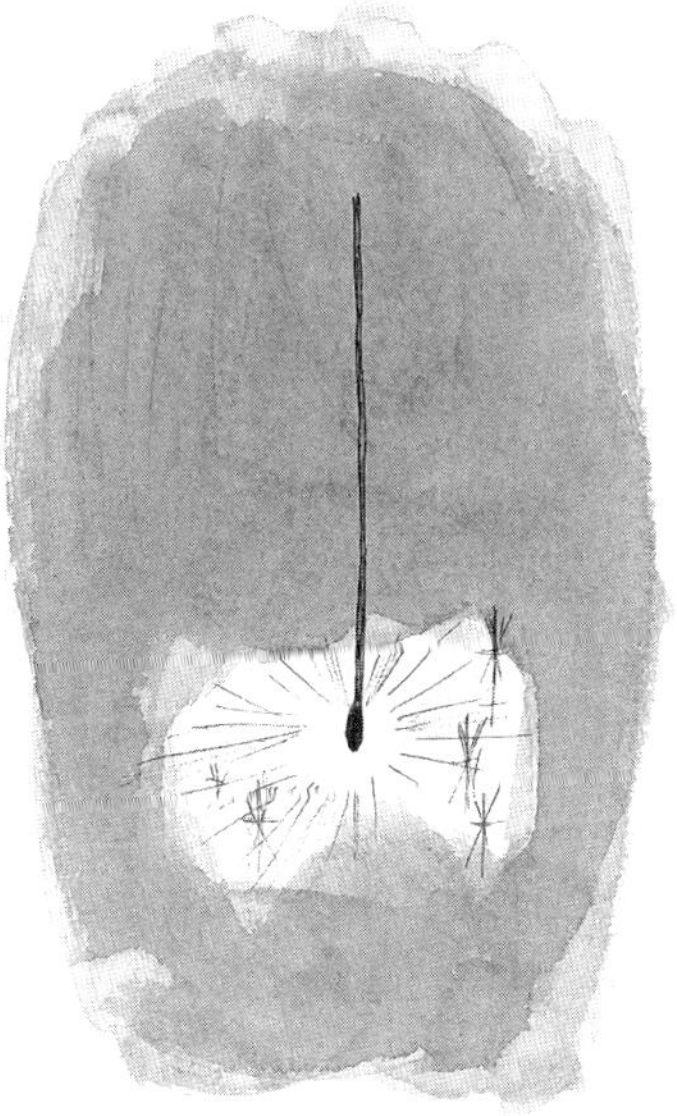

13

和歌山《わかやま》の老人《ろうじん》ホームから帰《かえ》って、かんこは、しばらくぼんやりしていた。ときどき、あのときの花火《はなび》がパチパチと音《おと》をたてたり、それをつぎからつぎへと手《て》わたししてくれた風助《ふうすけ》さんの笑顔《えがお》がひろがったりした。

きょうもヤマトシジミの食卓《しょくたく》にすわってほおづえをついていた。手紙《てがみ》がきてから、風助さんのことがわかるまであわただしかったが、今《いま》は、にいちゃんのいう「人生《じんせい》をうんと生《い》きた気分《きぶん》」だ。

風助さん本人《ほんにん》からの手紙はかんたんなものだった。

かんこちゃんにひろわれてうれしかった。あのとき、足《あし》をくじき、あの石《いし》で、とひとつひとつ思《おも》い出《だ》すと、今《いま》でもじぶんの運《うん》のよさにうふふ、とわらえてきます。

わが人生《じんせい》のなかでいちばんの幸運《こううん》です。

ありがとう。　風助《ふうすけ》

かんこはさっきから、「あしたはかんこの味方《みかた》だ」と、じゅもんを口《くち》に出してみるが元気《げんき》が出《で》ない。

川向《かわむ》こうから夕日《ゆうひ》がおちてきた。

風助さんは、夕日をじっと見《み》ていたことがあった。それは、あたりがあかね色《いろ》にそまるなか、風助さんじしんがそのなかにとけていきそうなふんいきだった。

カタバミの葉《は》が風《かぜ》にそよいでいる。

たぶん、その葉の裏《うら》には、たくさんのヤマトシジミのタマゴがうみつけられている。見《み》てみようかな、でもかったるいや、と思《おも》ったとき、

「かんこ」

かおのよぶ声《こえ》がした。

「かんこ、グレープフルーツ、もってきたよ、食《た》べようぜ」

「うん」

「レモンもあるよ」

「ええ、レモンもかじるん？」

「そう。そんでね……」

かおは、ふふふとわらった。

「しらべてきたんだ」

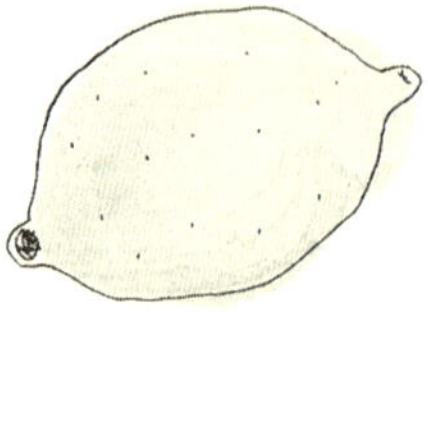

そういうと、ポケットからナイフをとりだし、レモンを半分《はんぶん》に切《き》った。

「はい。タネはペッと出《だ》す」

かんこはいわれたとおりかじったが、

「うへっ、すっぱ」

思《おも》わず顔《かお》をしかめた。

「レモンなんかには、アゲハがくるんだって」

「そうか」

かんこにもかおの考《かんが》えていることがわかった。

「ここに、チョウをいっぱいあつめるんだ」

「そう。レモンの木《き》、グレープフルーツの木、ミカンの木」

「キンカン、ユズ」

「そして、ここにはいるのに、お金《かね》、とる」

かおがけたけたわらいながらいった。

「学校《がっこう》やめて、チョウの番《ばん》をする」

かんこもいった。

「いい、いい」

かおと手《て》をとりあってはねた。

よーし、ふたりでぜんぶのカタバミの葉《は》を見《み》てやろう。

タマゴがぎっしりだぞ。

それがぜんぶヤマトシジミになる。

いっせいにひらひらまう。

かんこは、力《ちから》がからだのそこからわいてくるのを感《かん》じた。

あ、あ、あしたはかんこの味方《みかた》だ！

風《かぜ》がふいてきた。

鼻《はな》のあなをぷうっとふくらませて、
かんこは大《おお》きく息《いき》をすった。

春《はる》のにおいがたっぷりした。

「ああ、いい気《き》もち」

かんこはかおにいった。

「ほんと。春だ！」

かおがこたえた。

作者紹介

吉田道子
(よしだ みちこ)

東京生まれ、京都育ち。岩手もふるさとにもつ。著書に『ホテル難破船』『みんなが月にいく前に』(大日本図書)、『じっちゃんはゆうれいになった』(岩崎書店)、『ネコジャラシはらっぱのモグラより』『きらめく夏』『きりんゆらゆら』(くもん出版)などがある。日本児童文学者協会会員。

大野八生
(おおの やよい)

千葉県生まれ。園芸好きの祖父のもと幼い頃から植物に親しむ。植物に携わるさまざまな仕事を経て庭をつくる仕事へ。造園会社退社後、それまで描きつづけてきたイラストと植物の仕事でフリーとなる。現在イラストレーターと造園家として活動。著書に『植物を育てたい人への贈り物』(PHP 研究所)、『夏のクリスマスローズ』(アートン新社)、絵本に『にわのともだち』(偕成社)がある。

ヤマトシジミの食卓

2010年6月18日　初版第1刷発行
2011年4月17日　初版第2刷発行

【作者】　吉田道子
【画家】　大野八生

【発行人】　土開章一
【発行所】　くもん出版
〒102-8180 東京都千代田区五番町3-1　五番町グランドビル
電話 03-3234-4001(代表) 03-3234-4064(編集部) 03-3234-4004(営業部)
ホームページアドレス http://www.kumonshuppan.com/

【印刷所】　精興社

NDC913・くもん出版・128P・20cm・2010年
ISBN978-4-7743-1748-9

吉田道子の本

ネコジャラシはらっぱのモグラより　画・福田岩緒

そうたの家におじいちゃんが住むようになった。夏休みのある日、「ネコジャラシはらっぱのモグラ」からおじいちゃんに手紙がとどいた。そうたがこっそりと手紙を読んでみると、「なんでもねがいごとをかなえてあげます」と書いてあった。

きらめく夏　画・福田岩緒

知之介は、母がなくなってから、妹の典子がさびしくはないかといつも気にしている。でも、典子は毎日家で飼う生き物をどんどんふやしている。そんなふたりの前に、ある日、母が蒸発したという少年があらわれた。

きりんゆらゆら　画・大高郁子

荒太は、クワガタくんというふしぎな少年と出会った。以前は活発な子だったというクワガタくんは、今はほとんどしゃべらない。荒太は、その原因が半年前の交通事故にあることをしり、当時の新聞を読もうと図書館にむかう。